Bluey

NADANDO EN NAVIDAD
CHRISTMAS SWIM

PENGUIN YOUNG READERS LICENSES
An imprint of Penguin Random House LLC, New York

First published in Australia by Puffin Books, 2021

First published in the United States of America by Penguin Young Readers Licenses,
an imprint of Penguin Random House LLC, New York, 2022

This bilingual edition published by Penguin Young Readers Licenses, 2024

This book is based on the TV series *Bluey*.

Translation by Isabel C. Mendoza

Visit us online at penguinrandomhouse.com.

Manufactured in China

ISBN 9780593754863

10 9 8 7 6 5 4 3 2 1 HH

¡Es Navidad! Toda la familia Heeler se ha reunido en la casa de Muffin y Socks.

It's Christmas! The Heeler family have all gathered at Muffin and Socks's house.

Bluey ayuda a Mamá a repartir los regalos.

—Okay, ¿qué más tenemos aquí? Para el tío Stripe de Abuela —dice Mamá.

Bluey corre a entregarle el regalo al tío Stripe.

Bluey is helping Mum hand the presents out.

"Okay, who else have we got here? Ah, this one's for Uncle Stripe, from Nana," says Mum.

Bluey races the present over to Uncle Stripe.

Abuela le ha dado un delantal al tío Stripe.

Nana has given Uncle Stripe an apron.

—¡Guau! El **MEJOR** chef del mundo. ¡Gracias, Mamá! —dice el tío Stripe.

"Whoa! World's **BEST** Chef. Thanks, Mum!" says Uncle Stripe.

—¡Oye! ¡Pensé que yo era el **MEJOR** chef del mundo! —dice Papá.

"Hey! I thought I was the World's **BEST** Chef!" says Dad.

—El siguiente es para ti, Abuela. Te lo envía Papá —dice Bluey.

"The next one's for you, Nana. It's from Dad," says Bluey.

—¡Oh, gracias, Bandy! —le dice Abuela a Papá—. Ooh, ¿qué dice? **ESPERA, ME PONDRÉ LOS LENTES.**

"Oh, thanks, Bandy," Nana says to Dad. "Ooh, what does it say? **HANG ON, I'LL JUST GET MY GLASSES**."

El siguiente es para Bingo.

The next present is for Bingo.

—¡Sí! ¡Un maletín de doctor! —grita Bingo.

"Yes! A doctor's bag!" Bingo yells.

Muffin y Socks también abren sus regalos.

Muffin and Socks unwrap theirs, too.

Por fin le llega a Bluey el turno de abrir su regalo.

—¡Gracias, Mamá y Papá! —dice Bluey.

Rasga el papel, y...

It's finally Bluey's turn to unwrap a present.

"Thanks, Mum and Dad!" says Bluey.

She rips off the paper and . . .

—**¡GUAU!** ¡Me encanta! —grita Bluey.

"**WHOA!** I love him!" cries Bluey.

—¡Te llamare **BARTLEBEE!**

"I'm going to call you **BARTLEBEE!**"

Y ahora...

Time for a . . .

Como todos están en la piscina, es el momento perfecto para que Bluey le presente a Bartlebee a su familia. Después de todo, ahora también son la familia de Bartlebee.

With everyone gathered around the pool, it's the perfect time for Bluey to introduce Bartlebee to her family. After all, they are Bartlebee's family now, too.

—Tío Stripe, él es Bartlebee —dice Bluey.

—Hola, Bartlebee. Mucho gusto.

"Uncle Stripe, this is Bartlebee," says Bluey.

"G'day, Bartlebee. Nice to meet you."

—Espera, Bartlebee. Me están soplando hacia la piscina —dice el tío Stripe.

"Hang on, Bartlebee. I'm just getting blown toward the pool," says Uncle Stripe.

Bartlebee está empapado cuando le presentan a Socks.

Next, a dripping Bartlebee meets Socks.

—No te preocupes. Ella les hace eso a todos —le explica Bluey a Bartlebee.

"Don't worry, she does that to everyone," Bluey explains to Bartlebee.

—Ella es mi prima Muffin —dice Bluey—. Ahora está un poco ocupada: ¡se le está haciendo tarde para tomar el ferri!

"This is my cousin, Muffin," says Bluey. "She's a bit busy right now, she's going to be late for the ferry!"

EL DESAYUNO.
BREAKFAST.

¡EL LABIAL!
LIPSTICK!

VESTIRSE.
GET DRESSED.

¡CERRAR CON LLAVE!
LOCK THE DOOR!

Bluey lleva a Bartlebee a conocer a Bingo.

—Ella es mi hermana, Bingo. Bingo, él es Bartlebee. Es su primera Navidad con la familia Heeler.

—Hola, Bartlebee. Mucho gu...

Bluey takes Bartlebee to meet Bingo.

"This is my sister, Bingo. Bingo, this is Bartlebee. It's his first Heeler Christmas."

"Hi, Bartlebee. It's nice to—"

—¡ALÉJATE DE BARTLEBEE, COCODRILO! —grita Bluey—. ¡Muffin, **AYÚDA!**

"**LET GO OF BARTLEBEE, YOU SNAPPY CROCODILE!**" shouts Bluey. "Muffin, **HELP!**"

Muffin salta sobre el cocodrilo y salva a Bartlebee.

Muffin jumps on the crocodile and saves Bartlebee.

Al otro lado de la piscina, Papá juega Las Jugadas Clásicas.

Dad is playing Classic Catches at the other end of the pool.

Es el turno de Bartlebee. Él salta para atrapar la pelota...

It's Bartlebee's turn. He leaps out to take the catch . . .

...pero no lo logra.

. . . but misses.

No hay de qué preocuparse. Papá se acerca, atrapa la pelota y cae...

Not to worry. Dad is following close behind. He takes the catch and falls . . .

JUSTO ENCIMA DE BARTLEBEE.

RIGHT ON TOP OF BARTLEBEE.

¡OH, NO!

OH NO!

Bluey le pide a Abuela una toalla.

—Oh, ¿te mojaste, **BARTLECHICO**?
—pregunta Abuela.

Abuela comienza a secar a Bartlebee, pero no tiene cuidado con su brazo roto. ¡Todos se están portando de manera muy ruda! Bluey y Bartlebee entran a la casa.

Bluey asks Nana for a towel.

"Oh, did you get wet, **BARTLE-BOY**?" asks Nana.

She starts to dry Bartlebee. But Nana is a little bit too rough with his broken arm. Everyone is being too rough! Bluey and Bartlebee head inside.

Mientras tanto, el tío Rad y la tía Frisky le hacen una videollamada a la familia desde Bali.

—¡Oh, me gustaría que estuvieran aquí! —les dice Abuela.

Meanwhile, Uncle Rad and Aunt Frisky video call the family from Bali.

"Oh, I wish you guys could be here!" says Nana.

Bluey está en la sala con Bartlebee.

—Lamento que haya sido un día difícil, Bartlebee. Espero que lo estés pasando bien, a pesar de todo. ¿Qué fue eso? ¿Qué? ¿Quieres ir a casa? Oh...

Bluey is in the living room with Bartlebee.

"I'm sorry it's been a bit crazy, Bartlebee. I hope you're still having a good time. What's that? What? You want to go home? Oh . . ."

—¡Oye, Bluey, mira quién es!
—dice Mamá, entregándole la tableta.

"Hey, Bluey, look who it is!" says Mum, handing her the tablet.

—¡Frisky! ¡Feliz Navidad!
—grita Bluey, emocionada—. Mira, él es Bartlebee. Esta es su primera Navidad con la familia Heeler.

"Frisky! Merry Christmas!" yells Bluey with excitement. "Look, this is Bartlebee. He's having his first Heeler Christmas."

—Ah, ¿y cómo va todo?
—pregunta la tía Frisky.

"Oh, how's it going?" asks Aunt Frisky.

—Bueno, no muy bien
—dice Bluey—...

Lo atacó un cocodrilo...

"Well, not good," says Bluey.

He got attacked by a crocodile . . .

Y después, Papá le rompió el brazo...

. . . then Dad broke his arm . . .

Y luego, Abuela lo sacudió fuerte.

. . . then Nana jiggled it all about.

—Ya quiere irse a casa. Dice que mi familia es muy ruda —explica Bluey.

"He wants to go home. He says my family's too rough," explains Bluey.

—¡Ay, qué mal! A ver, permíteme hablar con él —dice la tía Frisky.

"Oh dear! Here, let me have a word with him," says Aunt Frisky.

—¡Oh, está bien!

"Ooh, okay!"

—¡Mucho gusto, Bartlebee! Soy Frisky. También soy nueva en la familia Heeler. Y sí, efectivamente, ¡están un poco locos! —explica la tía Frisky.

"Nice to meet you, Bartlebee! I'm Frisky. I'm new to the Heeler family as well. And just between you and me, they're a bit wild!" explains Aunt Frisky.

—**PERO**... dales una oportunidad.

"**BUT** . . . give them a chance."

OH, STRIPE, ESTE CHICHARRÓN ... ESTÁ MUY BUENO.

OH, STRIPE. THIS CRACKLING . . . IT'S SO GOOD.

—Ya verás.

"You'll see."

—Están **LLENOS DE AMOR.**

"They're **FULL OF LOVE**."

Es la hora del almuerzo de Navidad. Bartlebee se sienta a la mesa con su nueva familia.

It's time for Christmas lunch. Bartlebee sits with his new family around the table.

—¡Bienvenido a la familia, Bartlebee! —dice Papá.

"Welcome to the family, Bartlebee!" says Dad.

—¡Oh, lo siento, amigo! —dice Papá.

"Oh, sorry, buddy!" says Dad.

Aunque está bañado en salsa, Bartlebee levanta el dedo pulgar. Está encantado de ser parte de la familia Heeler.

Even though he's covered in gravy, Bartlebee gives a thumbs-up. He's happy to be part of the Heeler family.